KB209588

# 콩닥콩닥

# 콩닥콩닥


발행일 2024년 11월 4일

지은이 김일순 그림 헤니
펴낸이 손형국
펴낸곳 (주)북랩
편집인 선일영 편집 김은수, 배진용, 김현아, 김부경, 김다빈
디자인 이현수, 김민하, 임진형, 안유경 제작 박기성, 구성우, 이창영, 배상진
마케팅 김회란, 박진관
출판등록 2004. 12. 1(제2012-000051호)
주소 서울특별시 금천구 가산디지털 1로 168, 우림라이온스밸리 B동 B111호, B113~115호
홈페이지 www.book.co.kr
전화번호 (02)2026-5777 팩스 (02)2026-5747

ISBN 979-11-7224-345-6 73810 (종이책) 979-11-7224-346-3 75810 (전자책)

김일순 동시집
콩닥콩닥
김일순 시 | 헤니 그림
북랩

## 시인의 말

이 동시집을 통해 여러분과 소통할 수 있게 되어 매우 기쁩니다. 이 책은 제가 일상에서 느끼고 경험한 소중한 순간들을 담아낸 작은 창입니다.

자연은 언제나 우리 곁에 있습니다. 까마귀가 생존하기 위해 먹이를 찾는 행동, 까치가 주택가에 둥지를 짓기 위해 애쓰는 행동 그리고 개구리와 개미, 달팽이, 반려동물들이 인간과 더불어 살아가는 모습은 저에게 생명의 소중함을 가르쳐 줍니다.

특히 까마귀의 기이한 행동은 저에게 호기심을 불러일으키고, 까치가 둥지 짓기 위해 애쓰는 행동은 그들의 생명력과 가족에 대한 사랑을 느끼게 합니다. 달팽이의 여유로운 동작은 바쁜 일상에서 잊고 지냈던 느림의 미학을 상기시켜 줍니다. 이러한 자연의 소리와 움직임은 저의 동심을 자극하며, 세상을 바라보는 시각을 넓혀 줍니다.

여러분도 주위를 살펴보세요. 일상에서 쉽게 지나칠 수 있는 작은 것들, 그 속에 담긴 이야기를 발견해 보세요. 사물에 말을 걸고, 그들과 소통하는 경험은 여러분의 마음을 따뜻하고 풍요롭게 만들어 줄 것입니다. 자연은 우리에게 많은 것을 이야기하고 있으며, 그 소리에 귀 기울이는 것만으로도 우리는 더 깊은 감정을 느낄 수 있습니다.

동시집 『콩닥콩닥』이 여러분에게 작은 위로와 기쁨이 되기를 바라며, 자연과의 소통을 통해 여러분의 마음속에 새로운 감정이 피어나는 계기가 되기를 소망합니다.

2024년 10월
김일순

차 례

제2부

# 놀이터가 이상해

제3부

# 바람이 잠들었나 봐

제4부

# 무지개다리 건넌 강아지

## 제1부

# 달팽이는 좋겠다

## 개구리 마을 반상회

개굴개굴
개골개골
반상회 열렸다

도시 사람들
마음 흔들어
이사 올 수 있도록

이웃집 푸름이 가족도
우리 노래에 끌려
이사 왔다는데

더 감미롭게 노래해
텅텅 비어 가는
개구리 마을 살리자고

## 나는 타조

날개가 있지만
날지는 못해

뚱뚱하지만
달리기는 잘해
치타보다 빨라

사람들은 나보고
세상에서
제일 빠른 새
타조, 타조라고 하지

그럴 때
내 날개에 힘이 잔뜩
들어가지

# 귀뚜라미와 할머니

할머니 방에서
귀뚤귀뚤

눈 어두운 할머니께
책 읽어 주나 보다

할머니는 눈 감고
재미있는지 환하게 웃으신다

엄마는 책 읽어 달라면
피곤하다 하시는데

밤새 귀뚤귀뚤
할머니가 부럽다

## 까마귀

통닭집에서 내놓은
쓰레기봉투 앞에서
알록달록한
화장지 물고
닭 다리 물고
깍깍!

까마귀 배고픈가?
그래도
그렇지!
내 불평 들었는지
머리 툭툭 치며
어서 학교 가라 재촉한다

# 달팽이는 좋겠다

집을 등에 지고
가고 싶은 곳
쉬고 싶은 곳
어디든 갈 수 있으니

나는 무거운 책가방 메고
학교 갔다
학원 갔다
어두워서 집에 오는데

달팽이는 참 좋겠다
엄마 잔소리 안 듣고
학원 안 가고
언제든 가고 싶은 곳 갈 수 있으니

## 해바라기꽃의 소원

작년에 피운 환한 꽃잎
잊지 않아요

찾아온
벌, 나비, 바람, 햇볕
잊지 않아요

해님 따라
돌고 돌다
아팠던 목도
잊지 않아요

올해 또다시 나를 선택할지

내 자리에 칸나꽃
심는다는 소문 들리던데
환하게 한 번 더 활짝 웃고 싶어요

## 콩닥콩닥

단감 먹고
감 씨를 화분에 심었어
딱딱한 씨에서 싹이 날까?

가끔 물 주며
눈여겨봤어

어느 날 갈색 모자 쓰고
초록 얼굴 쑥 내미는 거야

어느 날은 모자까지 벗고
쑥쑥 자라는 거야

그러다
금방 감꽃 피고
단감 열릴 것 같아
가슴이 콩닥콩닥 뛰는 거야

# 토란잎

널따란 토란잎에
청개구리 앉았네
물방울도 앉았네

토란대 온몸 흔드네

물방울 또르르
청개구리 펄쩍
미안
미안

토란대 허리 펴며
괜찮아
괜찮아

## 누가 따 먹었을까

빨간 방울토마토

어제는

빨간 방울 방울이

오늘은 초록 방울 방울만

텃밭에 놀고 있는

까치 입 빨간 걸 보니

혹시 까치가

## 까치의 고집

엄마가 집 비운 사이
까치가
다시 집 지으려나 보다

며칠 전,
애써 물어다 쌓아 놓은 나뭇가지를
아랫집 민원 때문에
떨리는 손으로 깨끗이 치웠는데

이번엔 집 지을 재료도 당차다

뾰족뾰족한 가시나무
젓가락 크기 나뭇가지
튼실한 지푸라기
찰진 진흙

물러서지 않을 기세다

엄마 오시기 전에
어서 집 지으라고
바람도 해님도 응원하는데
내 마음은 왜 이리 불안할까?

## 개미야 미안해

몽둥이 같은 손가락으로
까맣게 줄지어 가는
줄 끊은 적 있어

내 장난으로
엄마 손 놓치고
친구 손 놓치고
놀랐겠다

심심했던 손가락이
잘못한 것 같아
다시는 장난하지 않을게

# 수다

창가에 나란히 앉아
지지배배
짹짹
새 떼가 우리 모습 같다

쉬는 시간
옹기종기 둘러앉아
까르르
까르르

수다가 교실을
들썩들썩한다

## 은행알 조심

은행나무 밑
조심조심 지나는데

발밑에서
은행알 터지는 소리
파악!

그 냄새
신발에 따라와
교실에 퍼졌네

짝꿍은
똥 냄새 난다고
코를 막았네

나는 은행알로 인해
똥 싼 아이가 되었네

# 텃밭

작은 텃밭에
엄마 좋아하는 꽈리고추
아빠 좋아하는 청양고추
내가 좋아하는 방울토마토
상추, 깻잎, 부추 모종
빈틈없이 심었는데

옆집 텃밭엔
꽃모종 듬성듬성
벌써 나비 몇 마리
나풀나풀
여유롭게 날고 있다

제2부

# 놀이터가 이상해

## 하늘에 닿을 것 같아

사다리 타고
오르면
하늘에 닿을 것 같아

엄마 몰래
살금살금
사다리 탔네

사다리가
휘청거려
사슴 눈 되었네

엄마 눈은
시뻘건 토끼 눈 되었네

# 모양

내가 어떤 행동 할 때
엄마한테 듣는 소리

너는 왜 그 모양이니?
내가 어떤 모양이길래

세모 모양
네모 모양
둥근 모양

그중
성격이 둥글둥글하니까
둥근 모양이겠지

# 내 자리

학교에서는
앞자리

학원에서는
뒷자리

편안한 자리
구석 자리

키 작아서
놀고 싶어서
나서기 싫어서

# 우리 동네

벚꽃이 활짝 피어
꽃 웃음 날리는 날

하하 호호
동네 사람들
이웃 마을 사람들
한마음 된다

우리 동네 좋은 동네
살기 좋은 동네
엄마랑
아빠랑
벚꽃 구경해야지

# 물음표

눈만 뜨면
내게 묻는 물음

오늘 기분 어때?
옷은 뭘 입어?
누구랑 놀아?
밥은 먹었니?
공부는 재미있어?
수학은 잘해?

그래도 물어 주니
내 상태 알 수 있고
대답할 수 있어 좋다

## 서영 마트

마트 갈 때마다
서영이는
아들일까
딸일까
아내일까
남편일까

누구 이름 걸고
밤낮으로 열심일까?

어쩔 땐
그 생각 하다
사 올 물건 깜빡하고
그냥 올 때도 있다

서영마트
빅
세일
24시 연중무휴
90%

## 놀이터가 이상해

놀이터가 부산하다
아이들 학교 간 사이
아이들 학원 간 사이

참새가 그네를 타고
햇볕이 미끄럼틀을 타고
바람이 흙장난하며
아이들을 기다리고 있다

# 감꽃 웃음

마당에
후두두
감꽃이 떨어지네

동네 아이들
마당으로 달려와
꽃목걸이 만드네

마당
가득가득
감꽃 웃음
뛰어다니네

# 기합 소리

강아지가 방바닥
핥을 때
안 돼!

내가 뜨거운 것
만질 때
안 돼!

엄마의 기합 소리

강아지도
나도
얼음이 되네

## 신발의 소원

아빠가 사 주신

신발이

신발장에서

아빠를 손꼽아 기다리고 있다

아빠가

돌아오는 날

놀이공원 가려고

# 나팔꽃

나는 감는 것을 좋아해
풀을 감고
나무를 감고
온갖 것 감는다

할머니는 내가
밭으로 들어가
농작물 감을까 봐
내 덩굴손을 거둬 풀밭으로
밀친다

풀은 내가 감는데도
가만히 있는 걸 보니
내가 좋은가 봐
내 예쁜 얼굴로 방긋 웃어 줘야지

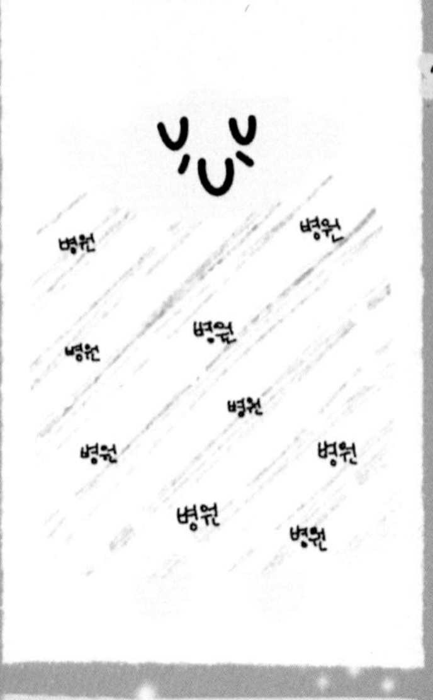
병원
병원
병원
병원
병원
병원
병원
병원
병원
수술실

# 꿈꾸는 방

할머니가 수술실에
들어가셨다

수술실 앞에
꿈꾸는 방이라고
쓰여 있다

꿈꾸는 방 앞에서
사람들이
두 손을 모으고 있다

나도 할머니가
좋은 꿈 꾸기를 바라며
두 손을 모았다

## 주름살

할머니 주름은
깊은 고랑 같네

깊은 고랑에
슬픈 주름
기쁜 주름
흘러내리네

깊은 고랑 타고
할머니 사랑
내게로 왔네

제3부

# 바람이 잠들었나 봐

## 꽃과 나비

해바라기꽃 찾아
먼 곳에서
날아온 나비

하늘하늘 반갑다고
여린 손 내미네

나비와 해바라기
손잡았다 놓았다 하는 것이
꼭 우리 엄마 아빠 같네

# 매화나무와 참새

매화나무에서
동동거리는 참새

눈 뜨라고
꽃눈을
콕콕

봄바람도
꽃눈을
살살

매화나무
고맙다고
꽃눈을
활짝

# 거인의 집

길 건너 빈집 마당에
나풀나풀 나비 날고
윙윙 벌 날아 잔칫집 같네

담 높은 우리 집
나비와 벌 놀다 가라 손짓해도
오지 않네
조용한 집

담 헐고 향기 나는
예쁜 꽃 심어
다 불러 같이 놀고 싶네

잠시라도 놀다 가라 불렀는데
아무도 안 와
우리 집은 담 높은 거인의 집인가 봐

# 바람이 잠들었나 봐

바람이
잠들었나
자지 않고
엉엉 울더니

어찌나
창문 흔들며
서럽게 울던지
나도 따라 울 뻔했다

## 비 오는 날

주룩주룩
장대비 내리는 날

타닥타닥
파전 부쳐 먹는 날

호호 하하
맛있는 파전

우리 얼굴
환해지지요

## 장롱의 기도

며칠 동안 쓰레기 더미에
누워 있다

사람들이
“누가 여기다 버렸어, 양심도 없네.”
귀가 따가운데 옆으로 돌아누울 수도 없고

폐기물 스티커 한 장
등짝에 붙이면 금방 데려갈 텐데

양심 없는 내 주인도 나처럼 하루에
몇 번씩 데려가길 기도하겠지!

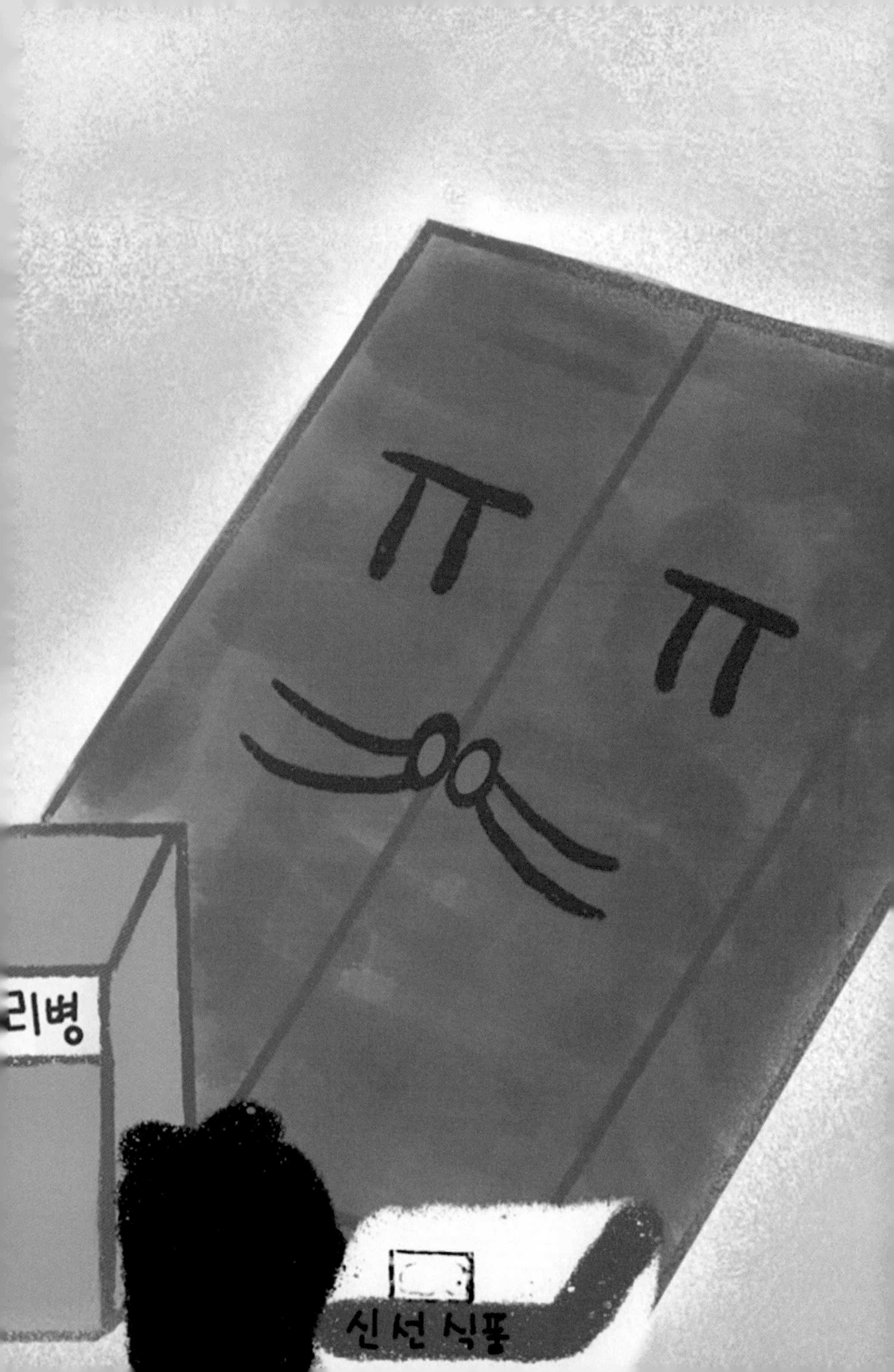
리병
신선 식품

# 라면은 맛있어

라면은 맛있어
후루룩
후루룩

엄마도
아빠도
후루룩
후루룩

라면에서
바다 냄새 나
라면에서
고기 냄새 나

라면은 맛있어
라라라
라라라

# 가랑비에 감기 들라

가늘게
가늘게
가느다랗게 비 내리네

가만
가만
옷 적시네

할머니 목소리
조용조용 비에 젖네

가랑비에 감기 들라!
가랑비에 감기 들라!

## 버스 안에서

다리 다친 아이가
자리에서 안절부절
지팡이 짚은 할아버지
타닥타닥

아이 앞에 섰다!

아이 벌떡 일어나
할아버지께 자리 권하는데
다음 정거장에 내리니
괜찮다며 환하게 웃으셨다

차 안의 긴장이 와르르 풀렸다

## 왕파리

왕파리 한 마리
교실에 들어왔다

교실을 한 바퀴
잉잉 도는 것이
우리를 살피는 선생님 같다

책상에 앉아
날갯짓하는 것이
공부하는 우리 같다

선생님 따라왔나?
나 따라 공부하러 왔나?

# 까마귀는 억울하겠다

까악
까악

산동네에
까마귀가
울면
초상난다고?

뒷산
오르던
꽃상여
떠올리며
할아버지는
한숨을 쉰다

# 두루미

논 안 살피는 행동이
우리 할아버지 같다

논에 벼가
잘 자라는지
해충은 없는지

이리 기웃
저리 기웃

부지런한
우리 할아버지 같다

## 파도는 심술쟁이야

파도는 심술쟁이,
할아버지 드리려고
해삼이랑 멍게랑
가득 따 담은 바구니를
노을 바라보는 사이에
바위 밑에 숨겨 버렸네

바위 끝 너무 깊어
따라갈 수 없고
너의 힘이 너무 거세
들어갈 수 없구나
철썩철썩
철썩이는 너의 심술에
노을빛 닮아 버린 내 붉은 눈시울

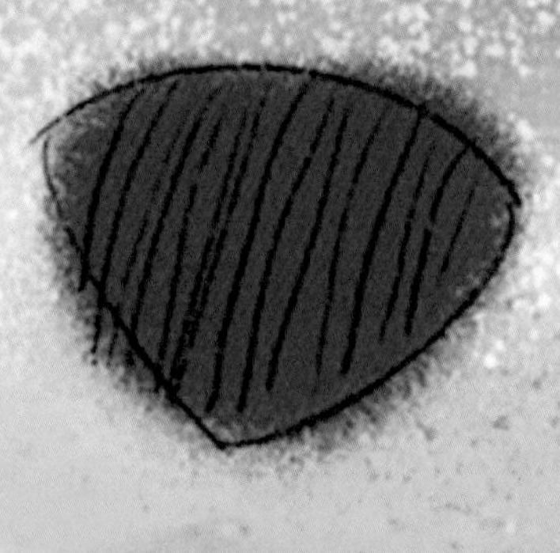

## 태풍

성난 바람이
지붕을 걷어 가고
간판을 걷어 가고
우산을 걷어 가고
닥치는 대로 걷어 간다

나도 걷어 갈까 봐
전봇대 꽉
붙잡았는데
전봇대도 위험하니
빨리 집에 가란다

## 바다 걱정

할머니는
자꾸
바다 걱정

바다
냄새
나지 않는다고

할머니는
모래밭 뒤지며
조개
한 마리 없다고

바다는
입
꼭 다물고
못 들은 척

엄마 전용 소원권

제4부

# 무지개다리 건넌 강아지

# 나비야, 나비야

나비야
나비야
장다리꽃이 부르네

나비야
나비야
순이가 부르네

나비가
나폴
나폴
장다리꽃에 내려앉네

고양이가
야옹
야옹
순이 앞에 앉네

## 길고양이

나를 경계하는 눈빛
할머니 대신
밥 주려 왔는데

고양이 두 마리
빈 밥그릇 보며
야옹야옹

할머니처럼
밥을 가득 채워 주고
물을 가득 부어 주니
야옹야옹

할머니가 안 계시면
어떻게 살지!

지금이라도
길고양이로 사는 방법
알려 주고 싶은데
잘 알 수 없다

# 접근 금지 팻말

공사장 웅덩이에서

오리가 놀고 있네

한글 모르는 오리

편안하게 헤엄치고 있네

괜히 나만 가슴

둥둥

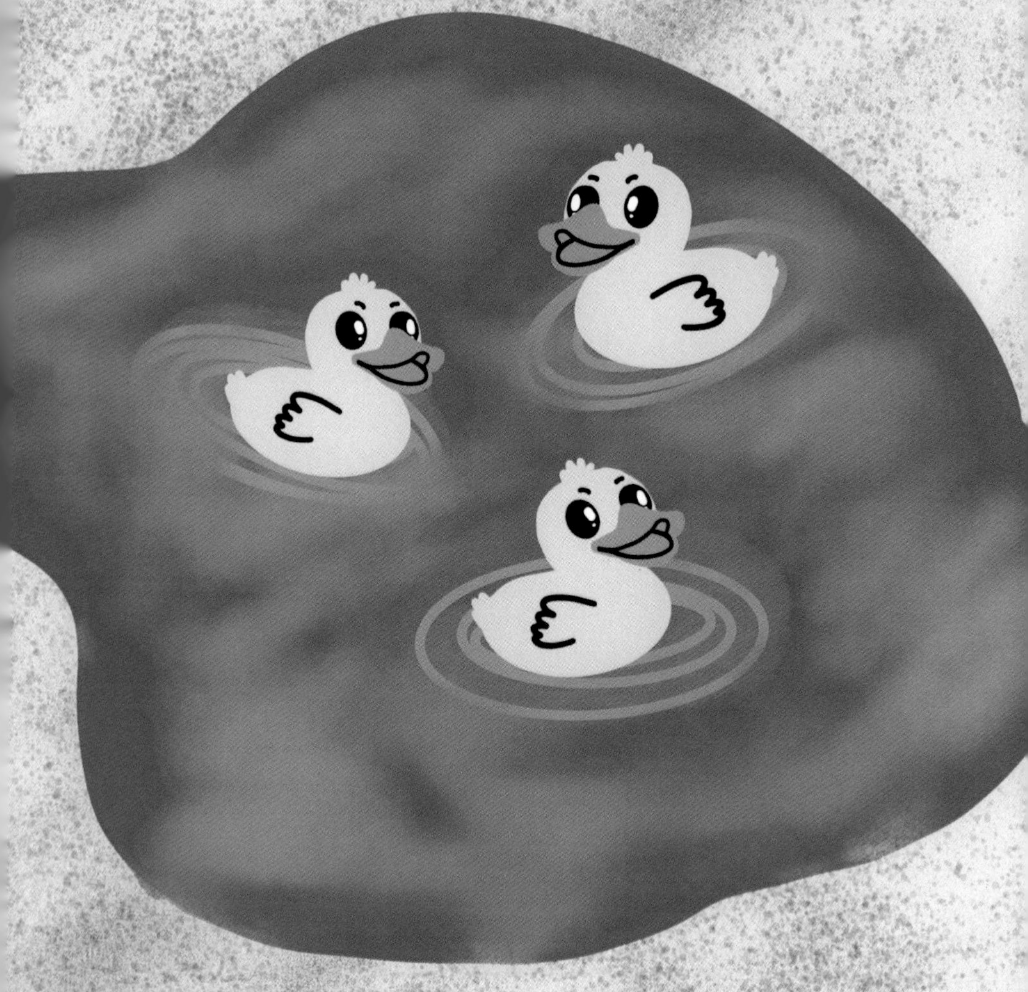

위험! 접근 금지

## 아침의 소리

알 낳았다고
목에 힘 들어간 소리
꼬끼오!

까악까악
잔뜩 무게 실은
까마귀 소리

더울 거라
칭얼대는
부엉이 소리

늘
말 많은
참새 소리
정겨운 소리가 마당에 가득하네

## 로봇 청소기와 강아지

청소기가 강아지 피해
잉잉
바닥 훑으면

강아지는
앙앙
전투 자세

이빨 부딪히는 소리
타닥타닥

힘 다해
요리조리
힘 다해
앙앙

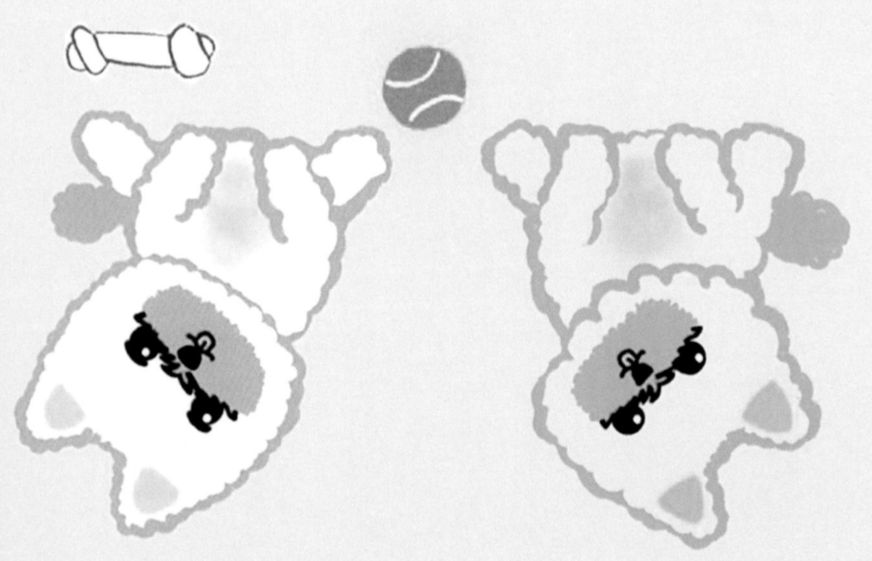

## 이름 부르면

우리 집 강아지 이름은
콩이!
우리 집 강아지 이름은
보리!

콩아, 부르면
바람처럼 달려오고
보리야, 부르면
말처럼 뛰어오고

콩, 보리, 부르면
눈만 멀뚱멀뚱
누구 불렀지?

# 인기 순위

우리 집, 인기 순위
일 등은 강아지

엄마는 나보다
강아지 간식 먼저

내가 투정부리면
말 못 하는 짐승이라
잘 보살펴야 한다고

어쩔 땐 엄마 사랑
독차지하는 강아지 밉지만

꼬리 흔들며 졸졸 따르는
까만 눈이 좋다

# 거울

강아지가
거울 속
제 모습 보고
고개를 갸웃갸웃

거울 속 강아지와
놀고 싶은가

두 발로 박박
거울 긁는데

거울이 자기도 모르는
바보라고 놀리는데

## 내 나이 알까

이불에 오줌 쌌다고
엄마가 한마디
할머니가 한마디

꼬리,
살래살래

내가
오줌 쌌다
놀리니
앙! 앙!

강아지는 내 나이 알까?

## 무지개다리 건넌 강아지

친구 같은 강아지
무지개다리 건넜네

나, 학교 간 사이
엄마, 출근한 사이

엄마, 기다리다
나, 기다리다
엄마 방에서 멈췄네

아직도 몸 따뜻해
머리 털고 금방 일어나
꼬리 흔들 것 같네

콩아!
콩아!
불러도 대답 없네

엄마♥ 응원

# 닭

알 낳았다고
꼬끼오!

닭장 안에
들어서니
동그랗게 반기는 눈

동글동글
따뜻한 알

고맙다고
모이 한 줌

# 강아지풀

깽깽

울지도 못하고

촐랑촐랑

엉덩이 흔들며

산책도 못 하고

풀밭에 똥도 싸지 못하지만

반갑다고 인사는 잘해

## 새끼 고양이

골목길에서
승용차가 비키라고
빵빵거려도
눈도 깜짝 안 해

덩치 큰 승용차
어쩔 줄 몰라
진땀 흘리네

내가
'야옹야옹' 하니
엄마인 줄 알고
잽싸게 달려오네